대티를 솔티라고 불렀다

시작시인선 0392 대티를 솔티라고 불렀다

1판 1쇄 펴낸날 2021년 9월 30일
1판 2쇄 펴낸날 2021년 11월 1일
지은이 윤희경
펴낸이 이재무
책임편집 박은정
편집디자인 민성돈, 장덕진
펴낸곳 (주)천년의시작
등록번호 제301-2012-033호
등록일자 2006년 1월 10일
주소 (03132) 서울시 종로구 삼일대로32길 36 운현신화타워 502호
전화 02-723-8668
팩스 02-723-8630
홈페이지 www.poempoem.com
이메일 poemsijak@hanmail.net

ⓒ윤희경, 2021, printed in Seoul, Korea

ISBN 978-89-6021-584-9 04810
      978-89-6021-069-1 04810(세트)

값 10,000원

대티를 솔티라고 불렀다

윤희경

천년의 시작

시인의 말

시인을 두고 생채기 공장이라 한다.

시인의 말을 생각하니 제일 먼저 떠올랐다. 좋은 것을 먼저 갖지 못하는 오래된 버릇과 같다.

내 주변은 좋은 이들로 포진되어 있다. 그들이 베풀어 준 관심과 질책 속에서 끊임없이 나아가기를 열망했다. 때론 버거워 손을 놔 버리고 싶을 때도 있지만 그럴 때마다 나는 더 굳기로 했다.

나의 시집은 묶어 보니 생채기 문학이다.

두터운 살집으로 감추고 가렸지만 면면이 상처 아닌 게

없다. 오랫동안 다독였으나 늘 아픈 쪽으로 마음이 흘렀다. 거기에 내 그림자가 있기 때문이다. 내 허물이 큰 탓이다. 그 경계의 것들을 쓰려다 보니 애매하고 모호해서 자주 헤맸다.

매듭을 잘 풀지 못한, 몹시 불편한 채로 보낸다.

아직 발화되지 못한 기억과 사랑을 한구석에 푹 심어 두었다.
훗날, 또 꺼내 쓸 '좋은 약속'들이다.

9월 봄 오후
글레노리에서

차 례

시인의 말

제1부 젊은 아버지가 늙은 딸의 귀에 대고

풀과 씨를 먹는 소와 새

어기적거리는 누렁이 소 몇 마리와

주먹만 한 흰 새들이

호수 같은 풀밭에 철조망도 없이

띄엄띄엄 서서

늦은 조식 중이었다

소낙비는 시커멓게 몰려와

금방이라도 쏟아질 거 같은데

비를 피해 두 칸 우사로 들어가겠지

넬슨베이 로드에서 본

흠뻑 젖을 나라와 그 시민이

오는 내내 나란히 걱정되었다

정수리를 뚫고

꿈인 듯 꿈이 아닌 듯
희한한 뿔이었지요
부드러움으로 딱딱함을 이기라는,
강하고 뾰족한 것만이 무기가 아니라는
개뿔, 그러나
그 말이 정말 맞아 버렸네요

한 생의 여일한 시곗바늘이 아니고야
나무와 새벽을 무엇이 다 덮을 수 있겠어요
눈치챘나요
이른 뒷산을 가득 메우며 머물다 가는
새벽의 흰 소금,
안개였어요
그 앞에 눈을 씻고 몸을 씻고
비밀을 꾸어다 자주 글에 썼지요
엄마가 대문 앞에 뿌리던 그 굵은소금 말이에요
뿔이 되더니 마침내 안개는
나의 패스워드가 되었어요
유리 천장을 부수려는
미필적 고의가 되기도 하고요

>

정수리 뚫고

맑고 참한 것이

물소 뿔 닮기도 한 것이

돌로 눌러 둔 이십오 년 차를 꺼내 쓰라고요

유목의 발걸음 단디 일구라고요

묵은 장항아리 마구 두들겼어요

손목이나 뒷덜미가 우두득

되돌아가고 싶은 순간이 후드득

그때마다 따순 손바닥들이 있었어요

모진 소리로 기를 꺾기도 했지만요

그 덕에 오기를 부려 예까지 왔네요

　　오래된 나무, 참하다, 따뜻한 저녁, 가을 유리창, 직관,
이불, 애틋한 시어

　　이런 말 아직 좋아합니다

　　농담처럼 주고받은

　　팔백 년 된 은행나무 당주로 삼은 이상

　　천년 된 언니들 사이에서 누가 되지 않은 글

　　오래 쓰고 싶습니다

　　아니 쓰겠습니다

몸의 유산

무릎 속에는 사나운 공룡 한 마리가 살고 있다
쥐라기에 살았다는 티라노사우루스의 횡포

아버지 한생은 공룡과 씨름했던 길
그 아픈 다리를 내가 너무 오래 썼을까
영산포 전투에서 젊은 건각 하나를 잃고도
눈만 마주치면 수수꽃다리 같던

기우뚱거리는 세월에도 장단이 있어
짧은 다리는 즐거운 술래
서로 잡겠다고 난장판을 치던 이불 속은 무구한 놀이터였다
당신 덕에 총칼 없이 보낸 이슬 같은 시절

새파랗던 김 서방에게
"쟤가 이담에 무릎이 아플 걸세"

나이 들어도 부정父情은 내 것으로 남아
칼바람에 마른 벌레처럼 부서지는 오른 다리
젊은 아버지가 늙은 딸의 귀에 대고
조심해라, 조심을 그리 시켜도

갈라진 설움은 몸의 유산이 되었다

해가 돌아 어느새 붉은 유월 오늘도
발걸음 쿵쿵 울리며 포화처럼 몰려온다

태즈메이니아 허기

저녁을 놓치고 들어선 식당
호주 끄트머리 섬 낡은 벽에 그림 한 점
러시아 시월 혁명 기마대였다
둥베이 쪽 모자를 쓴 쥔이 서둘러 반긴다

얼룩진 벽을 타고 야심 차게 달려갈 듯
언 빨래처럼 굳었다가 떨어지는 안장 위 눈 뭉치
강력분 밀가루였다

귀때기 얼어 터지는 광장에서
연말이니 며칠만 쉬자고 내려와
연신 터지는 카톡 소리도 잠갔다

막 비 떨어지는 외진 탁자
붉은 고추 둥둥 뜬
쟁반째 내려놓는 뜨거운 국수
기가 막힌 냄새라며 막 젓가락 드는 순간

─국수가 목구멍으로 넘어가냐
1931년생 아들을 두고 만주로 가신

아버지 아버지의 성마른 목소리 달려온다
코를 박고 모른 척
그릇을 통째로 들어 마셨다
국물도 장작불에 끓인 톄궈둔* 비스름해서

어떤 허기가 이번에는 유리했을까

* 톄궈둔: 검은 무쇠 솥에 장작으로 오래 끓여 낸 중국 동북(만주) 특
  유의 음식.

전시회에서 주워 든 푸른 지폐

신들린 무당처럼 그림을 읽었다
'고통은 지나가지만, 아름다움은 남는다'
르누아르 말이다
그 말이 거꾸로 읽히는 이즈음
아프리카 부두술사 옷을 물려받은
마이클 아미티지* 당신! 을 만났다

1
꼬리에 불이 붙은 원숭이
화염병이 날아다니는 창살 바깥을
두리번거리고 있다
위로 솟은 꼬리는 어디로 튀고 싶을까
쇠창살을 붙잡고 분노를 흔드는 청년과
죽은 쥐 새끼로 항산을 외치는 군중
어디선가 많이 본 장면이다
불확실한 내일의 난상 토론
종교는 주저앉고 손톱 끝은 폭양의 갈기
함성을 태운 재에 하늘이 사라졌다
폭발하는 화염병 연기 속에
익숙한 구호와 얼굴들

혁명만이 우리의 팡파르였을까

2
호피 무늬 브래지어 배가 불룩하다
사방에서 찢어지는 처녀성
검은 구멍 속으로 쓸려 가 버릴 것 같은 우간다
새를 뒤집어쓴 아비들이 혼비백산이다
발정 난 초록이 꿈꾸는 분홍을 껴안고 더듬거릴 때
인류의 약점이 시작되었다
자유의 깃발을 누가 세우던
수천 년 동안 사바나와 싸워 온 원숭이 빵나무가
전설의 바오바브 자손이라 아무리 외쳐도
헐값으로 묶여 팔려 나가는 데는
시퍼런 밤하늘도 사막의 조상들도
속수무책이었다

3
살고 싶은 집은 팔이 길고 창이 많은 나무집
사랑에 목을 매는 대열에 어깨를 겯고
불이 붙은 아프리카에 가 보자

마른 흙을 붙잡고 우는 족속

뜨거운 나무에 앉아 핸들을 돌리는 두꺼비들 세상

늙은 양미간이 녹아내리는

나무 허리는 껍질이 마르고

도시는 도무지 멀고

양서류는 긴 혀로 진화를 했을까

얼굴이 하얀 인간의 혀는?

4

오대양 육대주 문을 걸어 닫았다

혁명을 태운 붉은 보트 아직도 표류 중

뱃머리에는 가족이,

사라진 과거와 미래는 초과 인원

수상한 비구름에 휩쓸려 입을 다물 수밖에 없는

2019년 8월 13일 화요일 The Rocks 현대 갤러리

아미티지는 아프리카의 바로미터였다

에필로그

고통은 여전히 길고 아름다움은 점점 모호해 간다

세이렌조차 외면하는 난민의 바다에서

르누아르는 어떤 무당이었을까

＊ 마이클 아미티지는 1984년 케냐 나이로비에서 태어나 동아프리카와
  영국을 오가며 그림 공부를 했다. 영국에서 슬레이드 대학과 왕립아
  카데미에서 수학한 그의 그림은 늘 서구를 향해 있으나 그 밑바닥에
  는 아프리카 이미지가 녹아 있다. 그의 근본 정서는 "아프리카에서
  행해진 폭력은 보편적 폭력이며 그 책임은 전 세계적입니다. 인류는
  끝없이 불의를 일으킬 수 있습니다"라는 자신의 말로 집약된다.

빠가사리 한 수

강의 표범 쏘가리와
담수 육식어인 메기
민물의 제왕 가물치가
수장이 누구인가
겨루자고 한다

별 볼일 없는 동자개를 불러 심판을 보라 했다

한 방씩 주먹이 오갈 때마다
간이 떨어질 것 같은 동자개
빠각빠각
제 뼈를 부러뜨렸다

그 소리에 깜짝 놀란
쏘가리 메기 가물치는
혼비백산

손 한 번 안 대고
빠가사리
비상의 한 수

>
울어 버리기였다
나의 한 수는
한 종지도 못 되는 눈물 콧물로
그 사람 혼을 빼 놨다

회색기러기의 잘 죽는 법

'죽게 되면 함께 죽읍시다'
마지막에 할 말이겠죠

기러기 이동하듯
우리의 머나먼 항해

입 밖으로 꺼낸 말이 제 길이 된다는
배 기둥에 박힌 편자
손으로 만지고 입술에 갖다 대어
바닷길이 순해진다고 믿는

—당신을 잃을까 봐 겁이 났어요
반쪽으로 사는 게,
가끔 대체물이 없는 게 있잖아요

갑판 나무 바닥에 엎드려 쓴 기도문
순풍과 역풍을 아우르고
끝내 어딘가에 닿자는

회색기러기가

죽지 않는 법은
쇠기러기와 더불어 기어이 날아가는 것이다

'살게 되면 함께 삽시다'
거친 항해 중에 만졌던
편자의 운으로

붉은 달

열두 달을 겨우 넘겼다
장롱 밑에서 꺼낸 붉은 달
남몰래 흐르는 구름에 빨았다

서로 닮은 적 많았다
아프게 한 적 많았다

잘 가라
내 반쪽

새해에는 새 달이 뜨겠지
새해에는 새날이 오겠지

물컹물컹 참아 온
덩어리째 쏟으며 견뎌 온

이전에도 드물었고
이후에도 없어야 할

언니들의 멘스 같던

이천이십 년
둘둘 싸서 꼭꼭 안 보이게

정갈한 열두 장
차곡차곡 다시 갰다

인사동, 겨울 해바라기

시국 강좌에 미끄러지듯 두 자리 맡았다
얼어붙은 연말연시를 뚫고
나라 걱정 오색 탄산수처럼 끓어
입김이 두 겹 서린 유리창

끝나고 나오니 와자지껄 갤러리 입구
수천 송이 화려한 꽃들 줄줄이 벌서고 있다
작품보다 인사 행렬이 더 긴
우수들이 여기저기 우수수 붙어 있고
뜨끈뜨끈한 찰시루떡 한 조각 손에 받았다

빠져나와 인적 드문 꼭대기 층
텅 빈 수묵화 전시회
너울너울 북한산이 들어오라 눈짓한다
꽉 찬 고요와 여백 속으로 몸을 밀어 넣었다

하드커버 두터운 도록을 뒤적이다
북한산 몇 봉우리와 밀고 당긴 끝에
원효봉, 인수봉, 족두리봉에 사인을 받았다
만오천 원에 치켜 올라가는 입꼬리

>

사람 많은 곳에는 선생도 많아

롤러코스트를 타는 소음의 변곡점

고국 방문 난기류 속에

휘청거린 나보다 더 흔들리던 그가

골머리를 흔들며 집으로 갈 가방을 거칠게 싼다

가을 스케치 1
―해파랑 46길

늦가을과 생대구탕이 만났다
가생의 조합은 오래된 인연

해파랑 46길, 15킬로
장사항에서 삼포해변까지 반나절
자음과 모음 밀며 끌며 가는 길이다
능파대 멀리서 손짓하는 걸 보니
군사분계선도 멀지 않았다

군홧발 거칠게 지나간 옛길
노란 국화꽃 도열해 조사助詞처럼 힘차다
무량의 시냅스처럼 물 벼랑에 남긴
모 월 모 시 새들의 울음 분자 수
흰 거품 백치처럼 피고 있는 해안 가까이
능소화는 여즉 목을 떨구고 있다

걷다가 지쳐 모래밭에 벌렁 누운 손
물결 따라 우르르 구르며 달려가
아랫도리 연분 나게 젖고 싶다
길이 뚫린다는 말 가는귀먹은 듯 오가더니

떼굴떼굴 공염불로 굴러가 버린

밥 한번 같이 먹자는 맥없는 말 대신
가을과 생대구탕 한 상
입맛 나게 찍어 보냈다

가을 스케치 2
―해파랑 48길

동해안 7번 국도에
언제부터인가 아파트라는 바다 생물 산다
핸드폰을 쓰고 식탁에 앉아 먹고 따뜻한 물로 몸 씻는
선거철마다 오징어 먹물 바다 쪽으로 뿜어낸다
높새바람이 손사래를 치든 말든

가진 포구는 언제나 가을, 가지 못한 하늘만 들어차
반암 해변 삭은 철조망과 초소는 전쟁 영화 세트장 같다
미사일 소식이 갈매기 날 듯 심심하면 날아들어
엄마의 부러진 허리는 여태껏 신경통이다

논둑 터진 고랑에
버들붕어, 참게, 미꾸리, 투구새우까지 모여 산다고
가을걷이 끝난 우렁이 깍도요도 솔깃한
포구마다 화석 같은 이야기들
해안은 시월 청보석, 칠십 년이 넘어도 변함이 없다

자전거 길을 쫓아 북으로 북으로 코스모스 따라
하늘도 동해야 동해야
천년 넘은 제 이름 애 터지게 부른다

\>

담벼락에 기댄 감나무 꼭대기 서리 먹은 까치밥

바람도 멈추고 입을 다시는 가진의 찬 홍시

똥구멍이 보이기 시작한 고향 집 앞바다에서

얼마간 동해 사람으로 살아 볼거나

간짓대 끝에 앉은 빨간 고추잠자리처럼

생체시계

머릿속에서
군홧발 걷는 소리가 난다
째깍째깍

좀 전에 읽은 문장 중에
'야성을 찾아라, 본성에 충실한'
놀란 뇌간 200그램
재빠르게 제식훈련에 돌입했다

군홧발 걷어차이는 소리
이마에 식은땀 난다
째깍째깍

가을 스케치 3
―해파랑 47번 코스

삼포해변을 막 출발했다고
속초에서 보내온 아침 편지에 가을이 두 섬이다
하얀 파도와 빨간 등대를 짊어진, 길은 이차선
왼쪽 모래는 맷돌에서 나온 콩가루처럼 노랗다
몇 개의 태풍을 견뎌 낸 소나무 힘차고
바위에 부딪치는 사연 겹겹이다
국난을 너머 들들 끓는 지구전에도
V자로 살아남은 해파랑길
모래알을 차며 9.4킬로를 시작했다

낚싯대 내리고 서 있는 등
굽은 사내의 미늘 몇 개를 지나
기암괴석 돌밭을 건너며 등줄기를 풀었다
사색과 태양이 남매 같은 해파랑길
등대와 의자들 반가운 친지다
아이야
바다를 뚫고 가는 길에는 속도만이 최선은 아닐 거야
옛날처럼 숨바꼭질하면서
천 길 물속을 넘나들어 보자

\>

다림질된 곶 앞에 웅성대는 해오라기 몇 마리
시월 바다에 뛰어들까 말까
가을 하늘 속으로 날아들까 말까
할머니가 그러셨다 너무 깔끔해도 곁이 없다고
바다가 멍석을 말아 둔 새벽 마당 같았다

동네 안길, 출렁이는 황금빛 억새에 어른거리는
두고 온 식구들
낮은 기와집 앞 너른 연리지
흔들리는 연잎 귀향을 재촉한다
아버지 손에 학꽁치나 전어가
엄마 두렁박 속에는 소라나 전복이
빈집을 지키는 아이들에게 구르며 달려가
허기진 밥상을 서두르시던
어른거리는 자연산 회 접시 위로
선홍빛 해가 기울어 간다

가을 바다 누운 볕에 서둘러 도착한 가진항
고맙고 억센 2020년 시월 한 날
갯 내음에 흠뻑 빠진 해조의 편지

어느새 내 젖은 그리움의 무게이고

아직도 걷고 있는 네 푸른 파도의 교차점이다

분갈이

횡

쏟아진 화분을 그대로 둔 채 나갔다 돌아오니
문지방이 조금 높아졌다
슬슬 눈치를 털어 도로 담는 사이

청소기에 잘려 들어가는 하오 긴 햇살
방구석에 고여 있던 조금 전 고성과 씁쓸함
먼지 알갱이들 틈으로 가볍게 떠오른다

창가에 그늘진 심비디움 한 채
피가 맺혔을 저 귀
내가 좋을 땐 다들 웃고 있는 줄
내 맘만 고단한 줄

햇볕에 탄 손등이며
땀에 젖은 이마 보지 못하고
나무토막 같다고 퉁퉁대기만 했다

뒤돌아 앉아 있는 어깨를 슬쩍 밀었다

쏟아진 김에 분갈이나 하자고
들썩들썩 집 밖으로 나섰다

팔짱은 꼈던가

팬데믹 코드

살구를 꺼내 막 한 입 베어 무는데
아나운서 얼굴이 시어 빠졌다
얼른 노트북 뚜껑을 여니
모니터가 노이즈로 갈라질 것 같다
국경이 흔들리고 있다

얼마 지나지 않아 문을 닫는다는 통보
멀리 있는 엄마도 당신도 문 뒤로 더 멀리 튕겨 나갔다
메가가 마이크로에게 밀린 셈
집에 돌아가 흙 묻은 신발을 털고 싶었는데
가물가물한 풍경이 살구와 신발에게 통 빚을 졌다
언제 만날지 모르는 람사르나 우포늪 가장자리에
티켓 한 장을 몰래 심어 두었다

닫았다 열었다 흔들리는 국경을
세상의 모든 귀와 함께 서랍 속에 밀어 두었다
파종과 발아의 시간 싸움
여행, 연애, 기차와 비행기의 발악은 아래 칸에 넣고 잠갔다
아무리 쑤셔 박아도 폭발하지는 않을 것이다

\>

국경을 걸어 잠가도

그래도 괜찮다

문틈으로

당신만 보이면 당신들만 숨 쉬면

QR코드를 열심히 찍으며

이번에도 철통 같은 사랑이라 믿고 있을 테다

그게 분명 맞을 것이다

돈으로는 그대의 시간을 살 수 없다네[*]

내 목을 몰래 타고 넘어가던
당신은 행려병자였거나
슈퍼 원자였거나
바람 따라 떠다니는
어느 법의 물고기 화석이었거나

바람이 와서 당신 죽은 몸을 털었다
할아버지의 순록 같은 뼈를
이장시킬 때 쓰던 붓으로

사하라를 떠나 대서양을 건너
죽은 코끼리 오천만 마리 먼지로
소칼로 광장
호수 매립을 거들기도 했다는

당신을 만나면
총알구멍 지나듯 허리케인이 수그리고
당신만 만나면
탄소 탱크 터지듯 플랑크톤이 되는
나도 당신을 만나 직관을 얻었을까

\>

몸을 힘껏 던져

도착한 아마존 열대우림

날렵한 댄서들의 여정이었다

이천칠백만 톤 캐시밀론 구름 아래

우글거리는 피라미들로

심장이 소낙비 내리듯 뛰어내렸다는

지구 볼에 가득한 싱싱한 샐러드

오늘 아침 나의 식탁은 누구 솜씨입니까

영리한 당신의 닉네임은

시간 여행하는 먼지

보델레 사막 출신이라고 들었다

* 〈Dust in the wind〉 노래 중에서.

너는 신비의 못이 아니냐[*]

풀이 흰 머리카락처럼 자랐다
바닷가를 턱 삼아

흰머리는 풀의 변방이며
풀은 흰머리의 아군

세차게 불면 불수록
풀과 흰머리는 이리저리 쏠리며
서로 기대고 빛이 나
그때마다 기쁜 소리를 냈다

잠행하던 나라
큰 그림을 품은 나라

홑으로 홀로인 것 같아도
낱으로 고독한 거 같아도

날리는 흰머리나 보드란 풀만큼
멋진 나이를 보지 못했다

* 함석헌의「할 말이 있다」중.

제2부 가다 보니 내 길이다 이 길이

개구리가 올챙이였던 때

이스트우드 공용주차장 구석진 자리

새벽마다 직원들 모여
하루 일정 받아 흩어지던 곳

빡빡한 일과표 받아 들고
구시렁대며 차 문을 부서져라 닫고 출발하던

세월 흘러 그들도 사장 되니
─예전에 이 정도는 허리 한 번 안 펴고 다 했다

눈 하나 끔쩍 안 하고
올챙이였던 적 잊어버린

그 사장 그 직원,
그 시절 그 일꾼이

공용주차장 후미진 딱 그 자리에서

호주, 부시 파이어

미친 까마귀들이 초여름부터 쉬쉬했다
폭양으로 달구어진 불안한 눈동자
그해 여름 일기다

백만 홍위병이 밀려온 듯
어리고 새파란 것들로부터 걷잡을 수 없는
거친 숨소리

정월에 시위를 떠나 섣달에 도착한 불화살
탁! 정수리에 꽂혀 쭉쭉 갈라지는 불길
종횡무진 온몸을 삼키려는 듯
쏟아지는 골수며 뇌간이며 전두엽의 해체
타오른다 타면서 몰려온다

─누가 제발 이 화살을 뽑아 주세요
─소나기요, 단 한 번의 소나기라도요

화마가 쓸어 간 수천의 피눈물
거금을 삼키고 연기 속으로 도망가 버린
우리는 몽땅 털렸다 검은 빚쟁이들로

>

그믐날

하버, 불꽃놀이 쪽은 쳐다보기도 싫었다

나무 바보와 길 바보

긴 공부를 몇 년 만에 마치고
붉은 가을 역에 겨우 도착했다
저물어 걷는 세르멜피 드라이브,
환한 사월 그믐

서쪽 하늘을 향하여
길이 간다 줄이 간다
먼 저어기 저쪽으로
무작정 갔다가 되돌아오는
물든 나의 저녁
가다 보니 내 길이다 이 길이

기다리는 사랑을 향하여
길이 간다 줄이 간다
맹목인 저 줄이
멀리 갔다 되돌아오는
박꽃 같은 사랑 따라
걷다 보니 내 길이다 이 길이

송전탑에 흐르는 타전 소리

어둠을 마중 가는
놀빛 손짓 속에
안부를 보내느라
겹줄로 흔드는 애타는 팔이다

저녁도 사랑도
하오 다섯 시 십오 분
전봇대 발걸음 따라갔다
묵묵히 되돌아오는 등 뒤에서
보라색 폭죽이
대책 없이 터지고 있다

코카투 아일랜드* 보이들을 위하여

날렵하게 몸을 던지는 돌섬
외로움도 쌓이면
도발이 된다는 하나
아들아 그게 우리 섬이기도 하지

인쇄물 달아나고 커피 잔 쓰러지고
식탁보 벗겨 가는 섬 바람
뒷목 달구는 늦봄의 촉수에
한 생 구겨 버린 외떨어진 후회만
거칠게 출렁인다

담배 한 갑
빨랫대 속옷 하나 훔친 죄목
돌바닥에 긁어 쓴 붉은 이름들이
거친 채송화 언덕에 흘러내려
선착장 귀퉁이에 고이는
뉴잉글랜드 시가 냄새
돌아갈 뱃머리는 기미가 없다

해 지는 핏빛 바다

펄펄 끓는 탄원서

바다에 던졌으나

가라앉지 않는

이백 년 전 사내 그림자

수평선 너머까지

파랑으로 다녀오는 그 눈빛

빈터의 야생 갈매기들만

목이 하얗게 붓는 섬

두 발 묶인 나도 한 귀퉁이 되어 울고 싶었다

* 코카투 아일랜드: 시드니 하버의 파라마타와 레인코브강이 만나는
곳에 있는 우뚝 서 있는 유네스코 세계문화유산, 먼 과거에는 교도
소로, 20세기 들어서는 해군 조선소로 사용되었던 곳, 해마다 물가
텐트 속에서 하룻밤 섬지기를 자청했다. 올해도 한 날, 사암 절벽
끝에 앉아 하버브리지 해 떨어지는 정경과 그 옛날 밤하늘을 한 없
이 바라보았다.

끈 달린 앞치마도 아니고

자가 감시 중입니다
종일 눈 두 개도 모자라 안경까지 뿌예지는 노동

신춘문예지를 찾아 읽으라고
배꽃이 이틀 만에 졌을까요
산책길에 흩날리는 꽃잎
머리며 어깨에 지긋하게 말합니다
'들어가서 앉아야 해, 읽고 써야 해'

벚꽃이 여름 백일홍을 부르고
들국이 피는가 하면 동백이 툭툭 지던
어제는 까치가 그리 울더니
오늘은 쿠카바라가 떼로 몰려와 협업을 해요
산그늘에서 읊던 긴 문장을 들었나 보지요

쓴다는 일은 뭐길래 구석진 방에서 종일
플라스틱 꽃, 플라스틱 나무,
플라스틱 사랑을 붙잡고 있을까요
새우잠을 자면서 볼펜 여러 자루 던졌어요

\>

음악 소리 좀 줄이지!

알았어

안개처럼 줄일게……(이어폰을 서둘러 찾았다)

돈이 생겨 밥이 생겨!

……

(속으로)

지금껏 한 구멍만 팠다고요

눈 밑이 까맣잖아요

반지의 휴식

왼손 약지에 있던 닳은 반지를 겨우 **뺐**다
도랑이 깊다

헐렁거리는 오른손 약지로
옮겨 끼었다

반지가 반지를 이겨 보지 못하고
꽃반지부터 유리 반지, 구리 반지
골목에서 파는 수많은 반지까지
손가락에 끼는 순간
저마다 견고한 벽에 묶인다

찬물 뜨거운 물 가릴 새 없이
기도하며 울던 내력까지

반지에도 옹심이 있어
끝내 입을 다무는
무거운 시간들의 속기록

>

오른 품에서 쉬며 지워 가며

여생이 훨씬 가벼워졌으면 했다

금쪽같다는 말

막막할 때마다 혀 굴리듯
방바닥을 누비는
끌탕의 잠

고향 천변 따라
깜깜한 밤 홀로
들판 저만치 황금 나무 한 그루
뉘인 줄도 모르고 겁 없이
오래 바라보는데

그 빛, 돌연 가까이 와
돌덩이 같던 내 몸에
금물을 들이붓는다

꿈 깨어 헤아리니
금쪽같이 살라는 옷 한 벌 같기도 해
한숨을 소리 없이 잘랐다

걱정하여 걱정이 사라지면
걱정을 하겠다는 말이

티베트 속담인 줄도 몰랐지

암만 생각해도 하다가
아니다 고개를 젓던
여러 갈래 길들
간당간당 보이기 시작했다

검은 모래 엽서
—J에게

아이슬란드에서
엽서 한 장 도착했다

휘몰아치는 바람을 물고
검은 음모처럼
한 움큼의 부스스한 풀
다리 사이에
집 한 채 튼튼한 여인
바람과
사투 중이었다

머플러 밖으로
북풍의 검푸른 체취 날리고
프레임 곳곳에
페로몬 냄새
넘치는 야생의 족적으로
고추가 파프리카에게
1그램도 기울지 않았다
돌아오지 말고
조선 고추 1세가 되었으면

\>
흰 물 언덕에 서 본다는 것
그것만으로도
차오르는 기대감
수많은 검은 엽서들이
가방을 들고 어디론가 날아간다

내 꿈도
몇 배로 뻥튀기해서
민들레 하얀 배편에 실려 보냈다

천둥 온다고 비 오는 건 아니다

빌핀 로드를 지나는데
십이월, 천둥 치는 소리
귓속으로 쏟아진다
활활 타서 재로 변한 작년 여름 숲
공포를 그새 잊은 매미 떼들
아우성이 만찬이다

먹이를 찾아 이동하는 새들,
짐승 발에 구르는 돌 소리
온통 생기 덩어리다
개미 나라와 사람 나라 무게가 같다는
개미 박사의 말을
매미 나라라고 바꿔 생각해 본다
좋은 소식이 갑자기 올 것 같은

두 번 내린 소나기 끝에
씻겨 나간 검은 재 속으로
붉은 공포 끝도 떨어져 나가던

누가 나의 솥뚜껑인가

헤아리니

바짝 납작해진다

불행보다 불티가 더 염려되던 한때

교토 청수사, 어느 한 날

좁은 통나무 구멍을 힘껏 기어 나온 덕에

불도장을 겨우 면한 것 같다

37도 증후군

엉덩이에 불심지를 매달고
한국 가게로 내달린다

개봉시장 조선 부추 대신
멋대가리 없이 잘 자란 마트의
매꼬롬한 것들
부들부들한 막내 이모는 없지만
풋풋한 이종사촌들과 밀고 당기던

젖가슴과 치골 위로
팽팽한 호르몬이 반란 중이다

가게 구석 CCTV,
재빨리 손에 쥐고 사라진
참기름을 훔치러 오던 여자
한 달 주기다 생리 때만 되면
부추전이 미친 듯이 당기는 오늘처럼
한 구성원이 이탈 중이었다
그날도

>
입맛을 찾아 이 구석 저 구석
젖은 몸으로 헤매던 좁은 시장 골목
그때처럼 프라이팬을 달궈
허기진 부추전 소쿠리 한가득
볼이 미어터지는 식탐 끝에야
하혈이 그쳤다

무너지는 어깨를 세우고
초병처럼 뛰며 비린내의 궤적을 남기는
아마존 여전사의 그날도
37도를 웃돌았을 것이다

지구 반쪽은 아직 전쟁 중
힘으로 밀어붙이는 오늘도
월경이다

체리부룩역*

길고 검은 비밀이 생겼다
덜 자란 누이 눈썹 몇 올을
자꾸 잡아당겨서

사내들이 대낮에 난장을 치면
몸이나 숲 중 하나는 길이 난다는데
지축을 흔들며 달려오는 기차 소리
누이는 댓돌 위 신발 한쪽을
마루 밑으로 힘껏 던졌다

플랫폼에 들어서는 잔기침 소리
사람 하나 뚫고 오는 길 이리 험해서
허구한 날 우리 부실 공사였을까
이별도 수두 치르듯 견디고 나면
기차 소리 들어다 베개 삼겠다

철책을 거둬 낸 뻥 뚫린 광장
그새 자란 새까만 누이 눈썹에
양팔 벌린 유칼리나무들

한쪽 신발 찾아 목청껏 달린다

* 체리부룩역: 2019년 5월에 개통한 노스웨스트선, 십여 년 전부터 말이 많았던. 카스힐 로드를 지나칠 때마다 분주한 땅강아지들을 보면서 목을 빼고 힘껏 응원했다. 역은 꿈을 꾸고 꿈은 핸드백을 샀다. 기다리는 사람들이 북적거리는, 참한 역사驛숨가 되기를.

달콤한 얼룩

준비물: 책 한 권과 커피 냄새, 울퉁불퉁한 나무 탁자, 오전의 소란스러움, 손목으로 친 커피 한 잔, 쏟아진 불안과 안달 난 집중, 애정하는 자들의 미소, 시선과 저울, 나도 저 사랑도 커피도 얼룩도 그날 오전에 찍힌 시의 자화상 그리고 카페의 빵 내

손가락으로 읽는 게 아니었다
록산(Roxane Gay)의 난해한 한 줄에 골똘하다
방금 갖다 놓은 뜨거운 커피를 못 보고
그녀의 흰 치맛자락에 덜컥 쏟았다
우리 뒤로 넘어진 것처럼

글레노리 빵집*
핑크빛 볼 육십 대 남자와
꽃무늬 짧은 치마
서랍 속 필기도구 같은 건너 테이블
문장에 쏟아진 커피를 닦다 말다
야릇한 두 사람을 훔쳐보다 말다
돌아가는 선풍기 아래 퍼지는 빵 굽는 냄새
구석구석 번져 가는 달콤한 책의 얼룩을 맡았다

'허락 없이 빠진 사랑이 풍기는 냄새'라니
잘 쏟았다 책임질 수 없는 신수身手 앞에
커피 자국은 닦을수록 상처로 남고

시詩는 액땜을 미리 했다

* 글레노리 빵집: 올드 노던 노드(Old Northern Rd) 930번에 자리한 시골
  빵집, 점점 유명세를 타고 있다. 코비드 19도 상관없이 오전에 가면
  동네 아는 얼굴들이 길게 줄을 서 있다. 젊은 주인 Bob은 팔다 남
  은 빵(scrap bread)을 모아 두었다가 닭 모이로 달라고 하면 기분 좋게
  한 아름씩 안겨 준다. 우리 닭은 비싼 빵을 간식으로 먹고 알을 쑥
  쑥 낳는다. 집에서 오 분 거리다.

GPS 제국

너의 거처는 파란 물방울

파란 숲 파란 길에
투하된 뻐끔거리는 물고기들
촘촘한 그물 속에서
눈만 뜨면 스마트하게 빠진다

바다 건너 가 버려
하늘 질러 가 버려
평생 볼 수 없다 싶어 눈물바다 치렀는데

맥박 한 번 뛰는 사이 너를 찾아내는
스물네 개의 거미 손
일 년이 가도 소식 한 번 안 주는 너를
악착같이

아무도 파란을 건질 생각이 없고
아무도 파란을 지울 생각조차 안 하는

자나 깨나

너도 나도 파란을 피난으로
메가의 속도로

G에게 기도하고 G에게 은혜받는
눈꼬리가 찢어지는 나라
손가락이 길어지는 나라

불멸의 파란 제국이다

확찐자

빈대떡 덕분에
전쟁이 날 뻔했다

냉장고 이 칸 저 칸 뒤지니
한 가지가 없다
꼭 그것이 없다
왕복 두어 시간 걸리는데 꼭 사 와야 하나

우리 동네 네댓 한국 가정
겨우 안면 튼 그들에게
익은 김치 얻어 올 처지는 못 되고
뚝 떨어진 행복 지수

한 가지 부족한 걸로
외진 동네로 들어와 사는 일
이웃사촌 하나 만들지 못한 일
제때 먹지 못한 일
굴비 꿰듯 줄줄이 엮다니

감자전도 있고 호박전도 있는데

굳이 빈대떡으로 뒤집는
심리 기저에는
3차 대전이라도 불사하겠다는

집콕족의 일촉즉발

포스트 코로나 기다리다
쑥대밭 되기 전에
냉장고 속을 꽉꽉 채워 놔야겠다

외박의 색

왓슨스베이 낯선 아침
탁자를 정리하는 카페 직원 검은 앞치마,
공원 쓰레기 줍는 녹색 모자, 모래사장 붉은 갈매기 발,
재빨리 외지를 읽었다

파도 소리에 멀미하는 비릿한 새벽,
설친 잠결에 기대고 있는데
집에서만 자라는 그녀 잔소리
수십 개의 계단을 쫓아오고도 지칠 줄 모른다

8시 20분에 출발하는 페리 쪽으로
흰 와이셔츠 사내들 뛰는 다급한 발소리
Someone comming! Someone comming!
아빠 배웅 나왔다가 시동 거는 배를 붙잡는
어린아이 외치는 소리
피스톨처럼 와 박힌다
뛰는 휘날림 따라 재바르게
나도 노트북을 열었다

공으로 출근하는 저들, 사로 출근하는 나,

지난밤 숙취 그늘진 미간에 불 들어온

빨간 워크 홀릭들이다

삼세번은 있겠지?

함께할 수 없는 빛들이 쌓여 가는 밤
황색 전등 스위치를 껐다 켰다 껐다
함께할 수 있는 쪽으로 돌아눕는다
허리에 두른 국산 전기 벨트
고주파 손길이 파고 따라 깊은 곳까지 주무른다
15분씩 세 번, 잠재우던 물결 소리 점점 멀어지고

앉아서 죽만 쑤고 있다는 잔소리
세 바가지쯤 먹고
수영장 바닥 죽은 잎사귀 건지며
시를 그렸다
일 년 전 오늘과 같은 풍경
소금 세 주먹 뿌리고
이끼 긁어내고 시 읽고

뭐든 세 번쯤 하면 세 번에서 그치거나 지치거나
네 번도 아니고 두 번도 아니고
나의 오래된 벽이다

아직은 두 번

맞다, 한 번 남았다
세 번째 너 만나려고
왼뺨을 석양에 물들이며 늦은 비 기다리는 중
책상 다리가 아슬아슬 주저앉을 것만 같다

황색 전등 스위치를 켰다 껐다 켰다

파란 무가 달았던 시간

실한 놈 하나가 뽑혔다
암만 생각해도 내 쪽이 더 나은데

햇살에게 물었다
고양이 펜션 지나 단풍나무 골목 지나
커피 냄새 흐르는 빵집 지나
수평으로 바람을 실은 새의 날개를 쳐다보다
그래, 그 맛이 그 맛이겠지
운동을 하고 생야채를 씹고 흐린 거울을 자주 보는
아직도 겨울 초입

행동 안에 웅크려 있는 색들
산길을 걷다가 주운 나무뿌리
두툼한 흰 페인트를 입혀 세워 둔 창가
산불이 지나간 폐허에는
유칼리 붉은 잎이
일제히 새 부리처럼 재잘거리는데

SNS에서는 불길함이 연일 터지고
유리창 밖 행인들 구부정해지는 어깨들

저녁마다 떼로 날아드는 코카투들은
부리마다 수상한 색을 물고 온다

풀리지 않은 변종의 코드에
날카로운 도발을 품고
시드니 겨울이 서울 겨울로 이어지는
해를 넘기는 의문의 1.5미터
파란 무가 달았던 시간이 희미해져 가고

무청 긴 쪽이 나라고 분명하게 말을 해도
질문 하나가 답 하나를 여태 찾지 못한다

제3부 고향은 곧 출간될 책이다

詩의 時

3분 만에 읽히는 시를
3일을 고민하고
30일 동안 쓰고 고치는
시의 부뚜막

삼 년을 버티거나
삼십 살에 요절하기나
삼백 년의 먼 길을 가기도 하는
시의 나

출 변명기

내가 고향을 기억하는 한
고향은 곧 출간될 책이다
강 속에 이야기 강으로 흐르는
고요한 수면 아래
동리 사람 살던 지례마을
다슬기를 줍고 반딧불을 쫓던 강가의
뒷말이 바닥에 고여 흐르는
강 머리말에는 자갈돌 밟는 소리가
강 후기에는 치열했다 쓰려고 한다
이국으로 떠나야만 했던 이유도 표4에 넣을 것이다

내가 그대를 기억하는 한
그대는 두 번째로 출간될 책이다
보이지 않아도 그 손바닥에는
지글거리는 태양의 질투를 쥐고
사막을 걷는 은둔의 미소가 흐르고 있다
초승달 같은 첫 장에는 제목을 굵게 잡고
나와 달라도 몹시 다름이여라고 쓰고
마지막 장까지 같은 말만 하려고 한다

>
고향이나 저는 나의 본체를 밝히는 근거

주제는 오직 한 가지

우리는 왜 근거 있는 행동만 하려고 몸부림을 치는가

사드코*의 식탁

며칠째,
고향을 가져다가 밥을 짓는 저녁

칼이 도마 위에서 스타카토로 변주하고
호박죽에선 알레그로가 노랗게 튀며
새들이 창문 너며 노을 속으로
점점 작게 사라진다
어제는 오늘을 오늘은 내일을
오선지에 심으며
우리가 살아가는 힘을
연출 중이다

빈 그릇이 하나둘씩 나오고
갠지스 강가 나른한 고향 뱃노래에
두 팔을 들어 휘젓는
림스키 코르사코프 눈빛
이국풍 램프 심지는 불타오르는데

띵동! 어머나!
식탁에 흐트러진 격정을 서둘러 닦았다

도마 위 음악을 급히 밀어내고
홀딱홀딱 뛰는 호박죽은 불을 줄이고
땀 씻는 소리에 새로 놓는
수저 두 벌

다 잡은 황금고기 세 마리 강물에 풀어 주었다
엿보는 스탠드 눈빛들과 또 먹는
시드니 긴 겨울 저녁

이수인의 고향 탓이다

＊ 사드코: 림스키 코르사코프의 오페라 4악장 〈인도의 노래〉.

대티고개*
―선애에게

대티를 솔터라고 불렀다
고갯길에
소나무가 많았지
대티를 재첩이라고 불렀다
뒤축이 벗겨져도
쉴 틈이 없이,
재첩국 동이를 이고
넘어가는 아지매들
돌아보니
차오르던 상현달 아래였다

망초나 달개비로 살자
너 모르게 고개를 꺾던 열일곱
달리는 기차처럼 앞만 보고 가자던
나 모르게 가팔랐을
해운대 너머 달맞이 고개

등짝이 다 젖도록 달리던
에핑 로드를
재첩잡이 출항하는

똥통 다리로 알고
퇴근길에 졸며 졸며 돌아가던
카스힐 로드도
낙조가 아쉬웠던 몰운대 아래
숲길이라 하자

말만 들어도 숨이 넘이가는
고개를 건너
엎어 치고 둘러메치다
멍이 든 하지감자에
잉글리시 홍차 한 잔이면 어떤가

이제야 손발 짓이 통하는
똑딱선처럼
아이들이 기댈 둔덕이 되어 준
시드니 대티나 재첩을
네가 꿈엔들 짐작이나 할까

우리 모르게 아쉬운 듯
소나무로 어두운 꼭대기에 서서

내려설 곳 아프게
바라보았지
고개는 터널이 되고
터널은 글레노리나 괴정이 되어
떠남을 잊은 듯 서성이는
나무 그림자들
대티를 솔티라고 부를 수밖에

* 대티고개: 부산 대신동에서 괴정으로 가르마를 타듯 하얗게 갈라져
있던 옛길. 선애 집을 가려면 대티를 넘어야 했다.

물고기가 벌받는 시간

자갈치 시장을 지나며
—저기 좀 봐, 우리 집 명태 아이가
찬바람 부는 겨울이면 옥상에다 내다 말리던
나는 거꾸로 매달려 있었다

별난 간식이었다
긴 겨울밤 한 마리씩 걷어나 연탄불에 구워 먹던
풋잠 배듯 짭조름한 청춘
술 한 잔 없이도 명태가 한 소절을 안주로 찢던
옥상이 펀지지고 바다는 그리움 나부랭이로 펼쳐져
겹겹이 멍이 든 건 파도뿐만 아니었다
우체국 문턱만 그리 닳도록 다니지 않았어도
팍팍하게 건너오던 동생의 짜증을 줄였을 텐데
작은방 피아노를 챙겨 오지 않았을 텐데
손 가시가 박힌 첫 번째 벌이었다
발 구르는 십일월은 위험한 달

명태를 갈라 말리는 소란이 시작되면
더 얼기 전에 더 사납기 전에
찬 바다를 누비고 다녔다

길어야 삼랑진이고 밀양 정도여도
돌아가던 속은 꾸덕꾸덕 말라
비둘기호 열차 불빛은 희망을 물고
구포쯤에서 가늘게 바다를 쫓아갔다
날쌘 물고기 한 마리를 쫓아
가장 긴 기차를 타고 서울로
가장 긴 비행기를 타고 시드니로
명태의 전성기였을까

속 비운 까만 눈알로 덕장에 매달려
지나가는 당신을 동그랗게 바라보았다
당신이 눈 한쪽을 찡그리고 나를 찍을 때
꼬리가 움찔거리더라
내가 벌받는 중이라 조그맣게 말했는데
뒤통수에 대고 이름을 불렀는데
주머니 속 조약돌만 만지며 가 버리더라
손금이 말하던 두 번째 벌이었다

시린 콧등이 꿰인 채 마르다가
늦은불에 구워 먹히는 일

담날 아침 쟁반에 뱉어 놓은 맑은 눈알로
어항 속의 금붕어를 바라보는 일

나는 물고기만 보면 나를 먹고 싶더라

홍당무와 혹등고래

풀밭에서 주운 노오란
〈동아 홍당무 펜슬〉
이는 다 빠졌고
꼬리는 잘근잘근 씹혔다

냅다 던지려다
반토막이나 남아 버리지 못하고

홍당무가 언제부터 노란색이었지
실없는 당근을 쥐고 내려와
현관 앞 돌 화분에 꽂아 두었다
남은 꼬리로 심지라도 물오를까

'케이프 코드에서 혹등고래가 사람을 삼키고
십초 만에 뱉어 냈다'는
저녁 뉴스 한 줄 흘러간다
오! 홍당무
주워 오길 잘했다
꽂아 두길 잘했다
노란 홍당무 너도 배 타고 비행기 타고 왔을 테지

풀밭에 누군가 휘익 뱉어 냈겠지
아주 운이 좋게

담에는 혹등고래 한 마리 주워
책꽂이에 꽂아 둘 테다

올드 팝송

머릿속에서 옷이 꿈꾸던 시절이었어요
손에 들고 다니던 로켓 건전지 상자
미라의 반듯한 옷장이었지요

그리기만 하면 멋진 옷 되는 옆집 언니 손
요즘의 비자 카드나 코인 자판기였지요

한복집 방바닥에 잘려 나간 오색 천 쪼가리
몇 장 발로 끌어와 몸 위로 푹신하게 덮어 주던
어떤 청춘보다 지극했던 종이 인형 사랑법이었지요

언제든 돌아가고 싶은 아날로그 X세대부터
언제나 못 미치는 디지털 원주민 세대까지
새 종잇장같이 베일 듯한 모서리만 골라 건너온

바람 불 때마다 펄럭거리는 양철 지붕 소리나
며칠 내린 비에 불은 벽지가 뜯겨 나가는 집
종이 상자 속, 식구들 멀미였어요

한 밤 자고 나면 동생이 생기고

종이 삼촌, 종이 이모 북적거리던 미라네 식구
다정한 복고復古가 아녔을까요

푸른 돌

가장 멀리 던져 버린 돌이
가장 많이 앓던 돌이라고

돌 하나 주워
무심하게 돌 수제비 던진 순간
물속에 떨어져 갈 바를 모르는 동사들

당신이 나를 던지면 어디로 날아갈까
어디에 줄을 서 청구서를 쓸까
가라앉기나 할까
보낼 길이 없어 망설이던

물기둥 마디마디에
구불구불 모여 새우잠 자는
바닥 없는 집에서 잠들어야 했던
가난한 우리 사랑

제가 던진 돌을 밟고 건너온
유목의 바다
날아간 돌마다 곪아 가는 사연이 있다

>

가장 앞줄에 선 푸른 상처
다신 안 볼 것처럼 가장 멀리 던졌던
바로 그 돌이었다

미나리밭

미나리가 갑자기 대유행이 되었다

휘어진 당신 눈썹을 닮은
산모롱이 돌아 만난 넬슨베이[*]
아랫도리 철퍼덕 물에 담고
푸른 물미나리 밭 생각했다

머리에 내리쬐는 폭양
엎드려 양 주먹 쑤셔 박고
둥실 뜬 미나리 줄기
푸른 눈 꼬마 주춤거리며 다가와
저도 뿌리 박는다
향긋한 논물 따라
오르락내리락 이국의 수생식물

굽이 굽이쳐 오던 푸른 뱀
시커먼 하늘 한 귀퉁이 깨물어
소나기 한바탕 지나간다
더운 장화 속 가득한 하늘바다
미나리 심다 허리 편 숙모

젖은 얼굴 들어 깔깔 웃는다

윤슬로 몸 일구는
노지의 미나리 다발
갈수록 마디다
푸른 눈물 땅에서
외할미네 미나리꽝
넬슨베이가 뭔 수로 파종했을까

* 넬슨베이: 시드니에서 약 215킬로 떨어진 동부 해안 지역으로 토마리 국립공원을 배경으로 해변이 펼쳐진 곳, 혹등고래를 가끔 볼 수 있다.

왜 이팝나무였을까

힘들 때 바라보라는 부표였다

함몰된 젖꼭지를 빨아대는 첫아이와
부기도 안 빠진 아내 두고

출항 날짜 맞춰 끼룩끼룩 울며 떠나던 신발
다 해진 신발 신고 귀국하던 가장
밥심으로 여기라 했다

새벽 맞바람을 훔쳐 와 새끼들 슬어 놓고
한 땀 한 땀 월급 맞대어 기우고
처마 밑에 줄줄이 말려 둔 구공탄을 보고
흰 이 드러내던

허기질 때 지어 먹는 이름이며
고단할 때 기대는 한쪽 어깨였다

쏟아진 밥알로 구슬 꿰던 시간에도
어깨 빠지도록 잡아당기기만 했던

>
야무락지게 익은 눈웃음 속에
언제든 한 그릇 수북이 훑어 가라는
이팝나무 휘어진 가지,

바다를 본가처럼 바라보고 서 있다

호박꽃 집

호박꽃 향기가 졌다
추레해지는 꽃송이
어디 아파요
대답이 없다
마음 한구석 접질렀나 보다
눈썹이 시옷 되었다

오늘 아침 바람이 수상했지요
자꾸 말을 거는 수밖에
어깨를 만질까 말까
손가락만 닿아도 입 다무는 호박꽃 사랑

사막을 건너온 쌍봉낙타 메마른 분뇨 냄새
다 가진 것처럼 우쭐했다가 금세 쭈글쭈글해지는
줄자로도 잴 수 없는 거리
당신은 꽃받침이 수상하다 했다

길어진 해그림자 바퀴에 걸린
간지러운 현기증
누렇게 뜬 잎사귀 거두다 말다

혼잣말하다가 그만 다물다가
해가 다 지는 호박꽃 사랑

언제부터였지? 저 벌 한 마리
집을 떠나온 뒤 생긴 버릇이야
귀를 파고 코를 파고
손등 비비고
머릿속 뒤져 상처 잡아떼고
피딱지 생겨 곪아도 멈출 수 없는 일

다시는 호박밭에 가지 않으리라 했어도
어쩌다 보니 가 있고
어쩌다 보니 또 몸부림치고
감자 눈 도려내고 마늘 눈 도려내도
자꾸만 불 켜지는 노란 꽃 대문,
속 터지는 집

홍합의 멀미

옛 동네 삶은 냄새가 난다
살이 통통한 송도 아랫길
머리카락에 밴 홍합 비린내가
푸른 냄비 한가득 우려 나왔다

좁은 골목 숟가락질처럼 떠드는 아이들
월말고사 준비 중에도
홍합 속살 잽싸게 채 가던
목화 같은 갈매기에 눈을 빼앗겼다가
높이 나는 자가 멀리 본다는 문장을 타고
더 멀리 날아 보기도 했다

햇살이 정수리를 태우던 날들
푹푹 삶아지고 흐물흐물해지는
억척과 소란 틈에도
저녁 바다는 색색이 물빛 고왔다

포장마차 속에는 늙지도 못하는 에미 애비들
밀린 육성회비와 새 신발값이

카바이드 불꽃 앞에 꾸깃꾸깃 모아져
앞치마가 처질수록 허리에서 갈매기 울음 들리던
구르는 쇠똥도 약이 되었던
그땐 그랬지

갑자기 먹다 말고
—나 그만 먹을래 엄마 냄새 나
말없이 코를 쥔 저만치에
다닥다닥 홍합 붙은 충무 방파제
애린 물결 넘실거렸다

쉬이 깨지는 각을 물고
어떤 냄새 어떤 기억을
당신 견디어 내는가
갈매기는 깨진 부위 물고도
힘차게 부양浮揚했는데

삶의 껍데기보다
더 푸른 국물

또

홍합 사러 나가는 등 말리지 못했다

루나 달력

컹컹 짖는 소리
낯선 이 왔나
마당 쪽 힐끗 보니
택배 회사다
현관 앞에 두고 가겠지 하다
혹시,
맨발로 뛰어나가니
개는 쫓아가며 짖고
대문을 휙 돌아서는
차 꽁무니
옆집 크리스 손에 노란 상자 들려 있다
좌우로 흔드는 집게손가락
어깨를 으쓱하고 돌아서다
확!
스치는 얼굴
낮달을 괜스레 올려다봤다
기다리시겠지
음력설이 낼모레인데

제4부 나보다 더 가난하다는 이유만으로 사랑을 했다

고욤

이마를 반쯤 가린

늦가을 모퉁이

열한 살 난 햇살

마르고 작아

뛰어놀지도 못하는

동그란 여자애

말과 입은 쉿

빌려 갚아도 늘어나는 말 좀 보소

날개 박수를 치며
소란스러운 물오리들

말 뛰듯 근거 없이 번지는 파문 좀 보소

흔들리는 바람결에
고개 내미는 새들, 억새들

출처도 없이 상처를 주고받는 계절 좀 보소

짜릿하게 돌아온 봄빛 아래
재갈 물린 꽃봉오리

검버섯으로 피는 손등과 얼굴 좀 보소

말과 입은 하나였다가
말과 입은 하나가 아니었다가
물오리나 억새나 꽃봉오리나 세상의 연약한 것들

\>

말도 말고 듣지도 말고 보지도 말고 살라는
조선의 고함 좀 보소

걸어도 뛰어도 제자리인 눈물방울 피어 피어
강을 이룬 무구한 꽃물을

칼새를 믿고

다리 없는 새라 부르기로 했어요

이백여 일
쉬지도 않고 날아가길래
죽어서는 같이 묻히자고 했어요
빈말이었을까요

아니지요
초겨울 삭풍이 헐거운 발목을 휘돌아
뼈 속까지 얼어도

이화원 떠나 몽골과 티베트고원 건너
아라비아 거쳐 아프리카에 도착해도

당신 발 닿았다는 소식이 없네요
붉은 칸나 송이
여름 모가지째 떨어지는데

얼마를 더 가야
얼마나 더 날아야

중력에 마음을 실을 수 있을까요

몸을 태우며 허공에서
먹고 자고 사랑했던
그 일 말입니다

발랄한 서정

누가 봐도 현지인이지
베트남 어디를 가나
주민처럼
시골 살림살이 구석구석 뒤지고
장날 새끼 돼지들 모는 소리에
입꼬리 말아 웃고

누가 봐도 현지인이지
구김살 하나 없이
생코코넛 어디서나 쭈르륵 마시며
깡통 커피 살 때는
우수리도 얹혀 주었던

누가 봐도 현지인이지
강가에서 낚시하는 초로나 일일 가이드는
오촌 아저씨나 동네 알바생 같아
왜 그리 달짝지근한
망고스틴 맛인가 하니

시간을 잘 쪼개 쓰는

팀워크였고
풍경을 잘 모으는
원팀이었다

호찌민에서 다낭까지
보름달보다 환했던
매혹의 한때
서정이 빛보다 빨리 달리던

리사를 위하여

소나기 긋듯 들어선
듀랄 앤티크 가게
뒤집어 본 은제 머그잔 바닥에
철필로 새긴 이름이 있다

그 공든 체體를 오래 쓰다듬는
어깨가 몹시 쑤시는 한적한 늦가을

틀을 만들고 각을 깎고
손잡이를 붙이며 벌새 여럿 날아들기까지
물빛 수심 오롯이 담겼어라

이리저리 흘러오다 멈춘 골동품 진열장
유리도 나무도 아닌 은빛 이름은 리사
낡았으나 허투루 굴러다니지 않았다

잔도 글씨도 웅숭깊어
함부로 비틀거리며 부를 수도 없는

아득한 밤거리에 돌아서던 그림자를 붙잡고

뜨거운 키스를 새겨 둔
인주 같은 여자였다

가난한 자는 우리와 함께

비브라토 여제
이바 비토바*
하나씩 토해 내는 진주알 속에
고향 브룬탈의 향수와 그리움이 어린다

아이들에게는 꿈으로
나에게는 회상으로
부서져 내리는 고향 별 가루

명절날
안방에서 듣는 뒷산 이야기며
알곡이
쏟아지던 타작마당이었다

남반구 구석구석 흩어져 사는 젖은 볼이며
나무를 껴안고 밤새 울부짖던 여인들의 기도와 같은

찬가를 위한 향유의 밤이
발을 닦던 긴 머리카락이

예감처럼 멀리멀리 길게 자랐으면

* 이바 비토바의 입술 끝이 풀어져 은하수에 발을 담그는, 달빛에 떨리
는 속눈썹, 그녀의 리듬은 소름 돋는 위로였다.

너도 개밥바라기

—언니
—왜

딸꾹
뜸 들인다
한바탕 불어올 소나기 냄새
토란잎 두드리던 소요마저 숨죽인

엉엉~ 엉엉~ 금세 음압 높아 가고
운동장 한구석 깨진 바가지에는
덮어 줄 하늘이 없다

말싸움 끝에 잡아채는 손아귀
밀칠 힘이 없어
자빠지기만 했을까 물어뜯기라도 했을까

—언니, 어쩌면 그럴 수 있어…… 사내새끼가,

멀리 있는 어깨 손이 닿지 않아
울음 끝 놔뒀다

전화기 든 손바닥이 자꾸 미끄러웠다

부러진 새끼손가락에 부목을 댄 사진 한 장
운동장이 한 번 더 터지고
나도 운동장에 주저앉고
어둑어둑해지는 빈 교정 구석에 제 그림자를 깔고 앉아
소주병 들어 콸콸 붓는 소리

이십일 세기 별의 계보에는
사랑 한번 못 해 보고 빈 병에다
악만 쓰며 울다 갔다고

초저녁이면
달 꼬랑지에 붙어 있는 시퍼런 별
언니

퇴직

말로 다 까먹는 사랑이
더는 늙어 갈 수 없는 사랑이

어떤 사랑은
가로수 아래 의자 같아도 앉을 만했고
어떤 사랑은
나보다 더 가난하다는 이유만으로
사랑했다

또 어떤 사랑은 익어 간다는 말에
절로 미쳐 사랑이라 여긴 적도

헤어지고 나서야 사랑했었다고
그야말로 놓친 사랑이라면

꿰매고 잇대는
고도의 봉합사 어디에 있을까
반백 년 나무 심는 사람들

털 난 짐승 중에 사랑을 모르는 이가 없고

사랑 없이 살 수 없다는 말
아는 이는 다 아는데

가슴 뛰던 입맞춤 던질 곳이 없다
날카로운 날 접으며
차라리 이 직 그만둘까 생각도 했다

식구食口

날 잡아
터게라윙으로 떠난 1박 2일

서로 바빠 밥상이 겹치고
생일이 별거냐 하며
건너뛰기도 하다가

뒷마당이 강물과 맞물려 있는 숙소에서
네 살배기조차 베란다에 나란히 앉아
낚싯대 내리고 초릿대 끝 기다리는
크고 작은 숨소리

야단법석이다 손바닥만 한 물고기 한 마리에
강 허리에서는 큰 놈들 펄쩍 배경으로 뛰는데

선물처럼 올라오는 물고기나
석양 속으로 낮게 떠 사라지는 물새 떼
발목을 담근 맹그로브 긴 그림자 숲
그림 같은 풍경을 다 합쳐도
아이 파안대소 한 장만 못했다

>
지쳐 속이 문드러졌다가도
바닥까지 풀리는
봉돌처럼 매달린 삼대三代
눈뜨면 찾아 두리번거리는
젖은 눈썹 같은

어디에서 온 별들이니

부다페스트행

단화 한 켤레 골랐어요 예전처럼 부르면 뛰어가려고요

온몸에 적포도주 들이붓는 늦가을
유리창은 구름 한 조각을 못 찾아 건조주의보에 걸렸어요
떨어진 낱알들 뒹구는 적막한 빈 들
철새들 붉은 바다 쪽으로 하염없이 떠나네요

벽에는 그들만의 그라피티 암시들
수면제 삼키고 누운 이불 속
세체니 다리 건너 언덕을 올라
어부의 요새까지 천지를 방황했지요
잠이 깬 꼬리로 사랑의 이름자 곱씹다가
울컥 쏟아 낸 몽정은요

안타까움이나 쓸쓸함은 기대의 역발상입니다
서쪽으로 간 철새는 강물의 도용이고요
주둥이를 꼬리라 말함은 변용이지요
낯선 길에서 입술을 훔치고 싶은 도발적 문체는요

은유와 직유를 데리고 부다페스트 시내로 갑니다

바치 거리 어딘가에 웅크리고 있을 쉰 넘은 그 여자 찾아
아직도 사랑해도 되냐고 사력을 다해 던져 보려고요

경계인으로 살아온 의문의 시時
단화 한 켤레 발에 꿰고 말았네요
마지막 주자가 될 줄 누가 알았겠어요

폭설 편지

눈발 친다는 소식, 네가 오겠구나
밤새 온다면 발목까지 빠지리라
흰 발목 얼음댕이 되면 어쩌나

네가 등을 벼려 감각을 키울 때
날아오르는 몸을 쳐 새의 먹이가 될 때
뭉텅이로 쏟아 내려 달팽이 움집이 되던 그때
나 무엇을 벼려
너 붙잡을 수 있었을까

나를 벼려 너를,
조금만 더, 더, 하다 심장을 놓쳐 버린 시간

날이 새면 굳어 날지도 못하고
그날처럼 바닥에 흥건히 말라 버린
검붉은 네 체념
아무리 빗자루로 쓸어 내도
너를 지울 수 없어
희디흰 눈송이로 지상을 덮어 버리자 했던

\>

눈이 내리면 너와 나
고요히 심장을 두드리고
눈 위로 푹푹 쌓인 이야기들
그게 그토록
순결한 후회가 될 줄 몰라서
끝없이 깊어 갈 줄 몰라서

화들짝 미학

사선 아니겠지, 거기
혀끝이 오그라드는 식은 커피 한 잔

기다리는 중이다 병원 매점에서

오 층 유리 창밖 뻗어 올라온 팜트리
아직도 달고 있는 날카로운 죽은 가지들
보푸라기 소매를 말아 쥐던 어릴 적
그때는 낡아 가는 게 부끄러웠는데
누가 봐도 잘 버티었다 당신

―할 일이 아직 많아
―아냐, 길이 끝난 거 같아

앞말이 뒷말을 잡으려고
햇살이 조금씩 그늘을 빼앗는다
의자를 몇 번이나 뒷걸음질 쳐
그늘로 더 들어갔다

그때,

데스크 쪽에서 온 전화다
화들짝,
햇빛 속으로 튕겨 나왔다

자작나무

고드름이 상어 이빨처럼 매달린
얼음이 혓바닥에 쩍쩍 달라붙는
뜨거운 겨울 아침
모래 씹었는지 말 아끼는
그 틈에도
시간은 푸른 화살이었다

암인가 하니 암이고
재발인가 하니 역시 재발이다

조직검사 다시 하고
조영제 투입한 몸 해갈하면서
살아 오르는 듯 웃는다
배 위의 얹힌 돌을
견디기만 하면 되는 거라고
야무진 마음 덕에 달싹이는 입술
스피카의 초긍정

얼어 터지지 못하고
빙하의 삭신을 껴안으며

병원 문을 제집 현관처럼 출입하는 중에도
저 홀로 이겨 내는 가장 밝은
한 그루

정월, 흰 뼈 부러지는 산에서
더디게 오는 봄도
자악은 될 것이라며
눈을 뭉쳐 힘껏 던져 보는
조용한 등

초저녁 잠

낮에 놀러 와
한나절 구석구석
별똥을 잔뜩 뿌려 놓고 갔어요

서녘을 베개 삼아
비스듬히 누운 초저녁
무한궤도 달리던 머릿속
옆으로 까무룩 졌지요

한밤중 창문 두드리는 쏟아지는 별들

구름 없는 밤하늘
하나둘 이름을 짚어 가다
한눈에 빛나는 배꼽 하나

수호*별이라 지었어요

제 별을 꼭 쥐고
씨앗처럼 자고 있겠죠

＊ 수호: 3년 하고 8개월 된 아이, 프로그래머. 닭장에서 계란 꺼내
오기, 노란 덤프트럭으로 모래밭에서 놀기, 잉어 밥 주기, 자동차에
끼어 앉아 마당 한 바퀴 돌기, 우리 집에 올 때마다 빠짐없는 놀이
코스. 오늘은 동물 울음소리 맞추기, 비눗방울 불기, 모형 주방 세
트로 요리하기까지. 가고 나니 뻗었다. 초저녁부터 꿀잠일 수밖에,
국수 가락 뽑듯 절로 시 한 편 뽑아내는 시성詩聖이다, 아이들은.
오늘은 2021년 1월 10일.

미난파 아줌마

아버지에게 늙은 애인이 있다
놀랍게도 슭곰이었다
엄마 몰래 보낸 용돈 반이
거기로 흘러간 것 같은데

약값이다 오토바이 수리비다
거짓말이었을까
옥상에 심어 둔 오이만큼
수세미만큼 아니 땡고추만큼이라도
미안하긴 했을까

알 것만 같다
사람을 알고 사랑을 알고
다리를 절며 평생 살아온 사람은
비끗거리는 누구라도 지나칠 수 없어
홀로 저는 이의
바람벽이라도 되어 주고 싶었을

엄마도 알고 우리 식구가 다 아는 아줌마를
아버지는 몰래몰래 다닌다

퍼다 주고 사다 주고
들어올 때는 애들처럼 소리 내어 웃는다
한쪽 다리를 뻗고 거실 바닥에 앉아
신문만 뒤적거린다

크다 만 딸은
아버지 허벅지를 베고 누워
뛰는 심장을 조용히 센다
생의 비밀을 엿들으며

수학도 문학이다
—현에게

내가 너를 건축하려고

X값을 세우고 기뻐했다

세 살쯤 아니었을까 그때가

대칭을 염두에 두지 않았어

관찰에는 관심만 필요한 게 아니라서

변수에도 주시를 했지

네가 날 닮은 건 아닌 거 같았어

누군가를 건축하려는 것은

책 한 권을 통째로 외우는 일

너를 건축하지 않기로 하고

X값을 원값에서 제했다

열네 살을 누가 이겨 먹겠니

팽팽한 대칭만 남았다 오직

관심이라고는 눈곱만큼도 없다고 툴툴거려도

너의 변수에 무심하기로 했어

누군가를 허무는 것은

어긋난 길을 고물상에게 팔아먹는 일

네가 나를 꼭 닮았더라

\>

빈방에 비상등이 켜져도

둘 다 막무가내

모녀의 닮은꼴은

수학적 머리도 머리끄덩이 싸움도 아닌

손바닥만 한 마음을 누가 먼저 보느냐였는데

어느 날 자리가 뒤바뀌어

내 물 빠진 X값을 두고 네가 수학하는 날

뺄까 말까 나를 지웠다가 썼다가

유전인가 복제인가 잠도 못 자고 앓더라

네가 나의 문학이 아니고 무엇이겠니

풀은 꽃보다 아름다워

서어나무 푸른 톱니가 사랑 몇 줄에
녹이 슬던 무렵
꼭꼭 씹힌 일로 너는 장기 환자가 되어 갔다

아르메니아 수단 어디쯤 다녀오겠다더니
다시 주저앉는다 위가 쓰리다고

안마당에 피던 구절초와 소국 말려
쓰린 속에 채우라고 보냈건만

마법의 파종에 망가진 골목
구불구불한 위액이 줄줄 새던 그 주름 사이로
씹어 삼키고 씹어 삼키고

소등을 타고 넘어가는 한 조각 볕뉘라도 되겠다고
안간힘 쓰던 저 꽃 무릎

아르메니아, 수단보다 더 먼 곳을
씹고 또 씹어
한 그릇 고운 풀죽이 되었다

>

그때나 지금이나

쓰려도 사랑뿐이다

마틴 에덴은 어디로 갔을까

스크린 속 사랑을 두고

침을 삼켰다

부러워하면 진다 했는데

허기진 저녁 탓일 것이다

피고 지는 것도 사람이라

재스민 향 얼굴에 넘쳤다

영화 끝날 때쯤

나폴리 선창가 후미진 담배 냄새

몇 해 전, 젖은 모래밭 위를 흐르던

팜비치, 그 냄새였다

늙은 물소 한 마리,

붉은 사과밭을 지날 때

사과 속살 격렬하게 떨렸다

젊은 애인 예고 없이 달아나고

외상은 더 이상 먹을 수 없고

탈탈 털린 작가의 딸꾹질

젖은 밀짚에 주저앉아 손가락 사이사이

젖통을 쥐고 우유를 힘껏 짠 날

낡은 신발 위 분뇨를 털며

빈 나뭇가지에게 답 없는 질문 던진다

당신과 내가 가난할 때

하늘은 무슨 빛입니까?

신열이 터져 사경을 헤매는 날

백 번 되돌아오던 원고

마지막 불을 댕겼다

부쳐 온 인세 20만 리라, 외상값을 먼저 갚고

봉투마다 가득 채워 돌아오는 길

내 그럴 줄 미리 알아

나도 몹시 취했다

기어이 우리 모두에게 날아올 봄빛

소식 끊긴 부자 애인 더 미웠다

가난은 소스와 같고

지성은 빵이라고 했으니

그 빵을 그 소스에

쿡쿡 찍었더라면

너와 나의 소출이 얼마나 맛있었을까

책이 날개 돋칠수록

그는 망가져 갔다

명성은 눈 밑에 새까만 사랑으로 달리고

우산살이 부러진 채 빗속에 앉아 우는 저녁

살뤄 살뤄,

짧은 뒷모습

끝내 고장 난 엔딩이 되어 버린

작가란 도대체 어디서 왔으며 어디로 가는가?

숨을 수도 없는 얇은 책갈피 속에서

해 설

시간의 잔상을 접속해 가는 지극한 기억과 사랑

유성호(문학평론가, 한양대학교 국문과 교수)

1. 고백과 회상의 이중주

윤희경의 첫 시집 『대티를 솔티라고 불렀다』(천년의시작, 2021)는 한편으로는 오랫동안 호주濠洲에서 살아온 이민자로서의 삶을 성찰하고 고백하는 양상을 보여 주고, 다른 한편으로는 시인 자신의 존재론적 기원(origin)을 회상하는 과정을 들려주는 미학적 결실이다. 2015년 등단한 후 6년여의 시간을 차곡차곡 담아낸 이번 시집은 윤희경만의 진정성 있는 목소리를 시종일관 건네주면서 그 안에 삶의 굴곡을 품은 채 새로운 희망을 일구어 가려는 시인의 의지도 충만하게 구현하고 있다. 그런데 이러한 성찰과 고백과 회상과 의지를 발화하는 윤희경의 언어는 과장된 감상感傷이나 격렬한 충동보다는 은은하고도 지속적인 열정에 훨씬 더 근접해 있다. 나아가 시인은 단정하고 안온한 담론보다는 내면에서 소용돌이치는 페이소스pathos에 더 많은 관심을 가지고 자신만의 시를 써 간다. 이러한 기막힌 균형감이 그녀로 하여금 내면에서 다양하게 일고 무너지는 사유와 감각의 결을 촘촘하게 추적하도록 하는 한편, 삶의 조건 속에 불가피하게 찾아오는 난경難境들에 대해 미학적으로 반응하도록 하는 원질原質로 작용하고 있다 할 것이다. 여기서는 윤희경의 첫 시집이 보여 주는 이러한 고백과 회상의 이중주를 통해 그 안에 담긴 시적 개성을 살펴보고자 한다. 그 세계 안으로 한 걸음씩 들어가 보도록 하자.

2. 이민자의 시선으로 바라보는 삶의 축도縮圖

이번 첫 시집에는 호주 이민 25년을 맞은 윤희경 시인의 시선이 구체적 경험으로 드러나고 있다. 물론 그녀의 시에는 이러한 경험적이고 물리적인 시간도 담겨 있지만, 그것을 작품 내적 시간으로 전이시키려는 미학적 의지 또한 융융하게 흐르고 있다. 이때 그녀가 수행해 가는 이민자로서의 기억은 자신의 존재를 새롭게 구성하려는 상상적 표지標識로서 다가온다. 또한 이는 '시인 윤희경'을 구성하는 시간의 최전선에 이민자로서의 경험을 두려는 의지로 나타나는데 이제 그 구체적 사례들을 들여다보도록 하자.

내가 고향을 기억하는 한
고향은 곧 출간될 책이다
강 속에 이야기 강으로 흐르는
고요한 수면 아래
동리 사람 살던 지례마을
다슬기를 줍고 반딧불을 쫓던 강가의
뒷말이 바닥에 고여 흐르는
강 머리말에는 자갈돌 밟는 소리가
강 후기에는 치열했다 쓰려고 한다
이국으로 떠나야만 했던 이유도 표4에 넣을 것이다

내가 그대를 기억하는 한
그대는 두 번째로 출간될 책이다
보이지 않아도 그 손바닥에는
지글거리는 태양의 질투를 쥐고
사막을 걷는 은둔의 미소가 흐르고 있다
초승달 같은 첫 장에는 제목을 굵게 잡고
나와 달라도 몹시 다름이여라고 쓰고
마지막 장까지 같은 말만 하려고 한다

고향이나 저는 나의 본체를 밝히는 근거
주제는 오직 한 가지
우리는 왜 근거 있는 행동만 하려고 몸부림을 치는가
　　　　　　　　　　　　—「출 변명기」 전문

시인은 '고향/이국'의 대위법對位法을 통해 자신의 존재론을 구축해 간다. 시인의 기억 속 고향은 "곧 출간될 책"이라는 의미망을 품고 있는데, 강 속으로 숱한 이야기가 흐르고 그 아래로 사람들이 살아가던 마을에는 다슬기 줍고 반딧불 쫓던 강가의 시간이 아직도 흐르고 있다. 강을 둘러싼 '뒷말/머리말/후기'의 연쇄가 이곳을 떠나 "이국으로 떠나야만 했던 이유"를 쓰고자 하는 '표4'와 함께 한 권의 책을 구성하고 있는 것이다. 그러다가 끝없는 기억의 흐름 속에서 '그대'라는 2인칭이 호출되고 있는데, 이때 '그대'는 "두 번째로 출간될 책"으로 규정되고 있다. 그 안에서 시인은 '그대'야말로 자신과는 너무도 달랐던 존재의 역상逆像이었음을 기록한다. 그렇게 '고향'이나 '그대'는 "나의 본체를 밝히는" 역설적 근거였던 것이다. 여기서 우리는 시인이 구약성경의 '출애굽기'를 변주한 "출 변명기"를 쓴 까닭도 이러한 '머묾/떠남'의 갈등 속에서 '고향/이국'을 횡단하는 기억을 통해 이민자로서의 존재를 부조浮彫하려는 의지 때문이 아니었을까 추론해 본다. 그래서 그녀는 "그리움의 무게"(『가을 스케치 3』)를 어느 한 곳에 장착해 두면서도 "정갈한 열두 장/ 차곡차곡 다시"(『붉은 달』) 써 가는 시인으로서의 삶을 다른 한 곳에서 지속해 가고 있는 것이다.

미친 까마귀들이 초여름부터 쉬쉬했다
폭양으로 달구어진 불안한 눈동자
그해 여름 일기다

백만 홍위병이 밀려온 듯
어리고 새파란 것들로부터 걷잡을 수 없는
거친 숨소리

정월에 시위를 떠나 섣달에 도착한 불화살
탁! 정수리에 꽂혀 쭉쭉 갈라지는 불길
종횡무진 온몸을 삼키려는 듯
쏟아지는 골수며 뇌간이며 전두엽의 해체
타오른다 타면서 몰려온다

—누가 제발 이 화살을 뽑아 주세요
—소나기요, 단 한 번의 소나기라도요

화마가 쓸어 간 수천의 피눈물
거금을 삼키고 연기 속으로 도망가 버린
우리는 몽땅 털렸다 검은 빚쟁이들로

그믐날
하버, 불꽃놀이 쪽은 쳐다보기도 싫었다
                         —「호주, 부시 파이어」 전문

　시인의 기억에는 "활활 타서 재로 변한 작년 여름 숲"(「천
둥 온다고 비 오는 건 아니다」)이 새겨져 있다. 연전에 호주에서
일어난 거대한 산림 화재(bushfire)의 잔상殘像이 머릿속에
남아 있는 것이다. 그해 여름 일기에는 까마귀들의 "폭양으

155

로 달구어진 불안한 눈동자"가 씌어져 있다. 그때 어리고 새파란 것들로부터는 거친 숨소리가 들려왔고 "정월에 시위를 떠나 섣달에 도착한 불화살"들은 정수리에 꽂힌 채 갈라지는 불길로 몸을 바꾸었다. "화마가 쓸어 간 수천의 피눈물"은 이처럼 "검은 빗쟁이들"에 의해 완벽하게 만들어진 것이다. 이전에는 아름답기만 했을 "하버, 불꽃놀이"를 쳐다보기도 싫다고 한 것은 그때 느꼈던 커다란 충격 때문이었을 것이다. "이전에도 드물었고/ 이후에도 없어야 할"(「붉은 달」) 거대한 재난(catastrophe) 앞에서 윤희경 시인은 가장 충격적인 이국에서의 한순간을 기록하고 있는 것이다.

이러한 고향과 이국, 과거와 현재에 대한 선명한 기억은 어느 부분에서는 아름다운 신비로움으로 어느 부분에서는 끔찍한 실감으로 나타나고 있다. 이러한 기억들은 지난날들을 과장 없이 재현하면서 시인에게 자신만의 비밀이나 상처를 추스르고 견디게끔 해 준다. 그 과정은 그녀의 이민 경험과 겹쳐 있고 시인이 관찰해 온 사건이나 사물에 그대로 각인되어 간다. 오래전 고향 이야기든 이민 후 겪은 근자의 이야기든, 윤희경 시인은 남다르게 강렬한 애착을 가지고 그 이야기의 뿌리를 거두어들이고 있는 것이다. 따라서 시인의 관심은 자신이 힘겹게 통과해 온 시간을 은유적으로 불러오면서 그 안에 오랜 기억을 환기하는 데 있다고 할 수 있을 것이다. 그만큼 윤희경의 시는 이민자의 시선으로 바라보는 오랜 삶의 축도縮圖인 셈이다.

3. 존재론적 기원의 탐색

이러한 기억의 재현 과정에 자연스럽게 수반되는 것이 바로 시인 스스로의 존재론적 기원起源을 찾아가는 열정일 것이다. 여기서 존재론적 기원이란 시인 자신의 존재를 가능하게 해 주었던 물리적, 심리적 원천을 함의한다. 고향이나 모국어, 부모님이나 유년 시절 같은 것이 이에 해당할 것이다. 이러한 요소들은 한결같이 서정시의 시간예술로서의 속성을 한껏 충족하면서 인간의 깊고 오래된 근원을 유추하게끔 하는 유력한 형질로 기능한다. 그 안에서 시간은 기억의 형식으로만 존재하게 되고 그만큼 시인의 기억은 시간의 결을 따라 지워져 간 것들을 재구再構하는 유일한 주체로 거듭난다. 이러한 경험적 기억을 통해 시인은 자신을 존재하게 한 어떤 장면, 순간, 사람들을 적극 되새겨 간다. 그렇게 그녀는 자기 기원을 향한 선연한 기억을 통해 자신의 실존적 현재형을 살피고 있는 것이다.

무릎 속에는 사나운 공룡 한 마리가 살고 있다
쥐라기에 살았다는 티라노사우루스의 횡포

아버지 한생은 공룡과 씨름했던 길
그 아픈 다리를 내가 너무 오래 썼을까
영산포 전투에서 젊은 건각 하나를 잃고도
눈만 마주치면 수수꽃다리 같던

기우뚱거리는 세월에도 장단이 있어
짧은 다리는 즐거운 술래
서로 잡겠다고 난장판을 치던 이불 속은 무구한 놀이
터였다
당신 덕에 총칼 없이 보낸 이슬 같은 시절

새파랗던 김 서방에게
"쟤가 이담에 무릎이 아플 걸세"

나이 들어도 부정父情은 내 것으로 남아
칼바람에 마른 벌레처럼 부서지는 오른 다리
젊은 아버지가 늙은 딸의 귀에 대고
조심해라, 조심을 그리 시켜도
갈라진 설움은 몸의 유산이 되었다

해가 돌아 어느새 붉은 유월 오늘도
발걸음 쿵쿵 울리며 포화처럼 몰려온다
— 「몸의 유산」 전문

이 작품에는 '아버지'라는 기원이 등장한다. "몸의 유산"
을 물려준 육친의 마음과 시간이 잘 전해져 온다. 시인은 자
신의 무릎에 "사나운 공룡 한 마리"가 살고 있다고 말한다.
그 유산은 일생을 공룡과 씨름했던 아버지의 길로 이어진
다. 아버지는 그 옛날 전투에서 건각 하나를 잃으셨다. 그
고통과 상처를 유산으로 받은 시인은 자신이 아픈 다리를

너무 오래 쓰면서 "기우뚱거리는 세월"을 견뎌 왔다고 고백한다. 아버지와 함께 무구無垢하게 놀던 "이슬 같은 시절"은 어느새 지나가 버렸지만, 나중에 딸의 무릎이 아플 거라고 말하는 '부정父情'은 지금도 가장 깊은 기억의 몫으로 남아 있다. 그 옛날 젊은 아버지가 지금의 늙은 딸 귀에 대고 고 조곤히 하시는 말씀이 시인의 움직일 수 없는 "몸의 유산"이 되어준 것이다. 그리고 그러한 "몸의 유산"이야말로 아버지라는 존재의 기원을 회상하고 각인하는 시인의 지극한 마음이 착색된 결과물일 것이다. 이처럼 아버지는 딸에게 "부드러움으로 딱딱함을 이기라는, / 강하고 뾰족한 것만이 무기가 아니라는"(「정수리를 뚫고」) 말씀을 전하면서 기억 속에 남아 계시다. 다른 시편에서 "사람을 알고 사랑을 알고/ 다리를 절며 평생 살아온 사람"(「미난파 아줌마」)으로 등장하기도 하는 아버지에 대한 애잔하고도 선명한 기억의 결이 돋을 새김되는 순간이 아닐 수 없을 것이다. 다음은 어떠한가.

대티를 솔티라고 불렀다
고갯길에
소나무가 많았지
대티를 재첩이라고 불렀다
뒤축이 벗겨져도
쉴 틈이 없이,
재첩국 동이를 이고
넘어가는 아지매들

돌아보니
차오르던 상현달 아래였다

망초나 달개비로 살자
너 모르게 고개를 꺾던 열일곱
달리는 기차처럼 앞만 보고 가자던
나 모르게 가팔랐을
해운대 너머 달맞이 고개

등짝이 다 젖도록 달리던
에핑 로드를
재첩잡이 출항하는
통통 다리로 알고
퇴근길에 졸며 졸며 돌아가던
카스힐 로드도
낙조가 아쉬웠던 몰운대 아래
숲길이라 하자

말만 들어도 숨이 넘어가는
고개를 건너
업어 치고 둘러메치다
멍이 든 하지감자에
잉글리시 홍차 한 잔이면 어떤가

이제야 손발 짓이 통하는
똑딱선처럼

아이들이 기댈 둔덕이 되어 준
시드니 대티나 재첩을
네가 꿈엔들 짐작이나 할까

우리 모르게 아쉬운 듯
소나무로 어두운 꼭대기에 서서
내려설 곳 아프게
바라보았지
고개는 터널이 되고
터널은 글레노리나 괴정이 되어
떠남을 잊은 듯 서성이는
나무 그림자들
대티를 솔티라고 부를 수밖에

—「대티고개」 전문

시집 제목이 들어 있는 이 작품은 옛 친구에게 말을 건네는 형식을 취하고 있다. 그 아이네 집에 가려면 언제나 대티고개를 넘어야 했던 화자는 부산 대신동에서 괴정으로 가르마를 타듯 갈라져 있던 그 옛길이 지금 자신이 걷는 길의 원초적 형상이었노라고 고백한다. 소나무가 많아 '솔티'라고 불렸던 그 고개는 '재첩'이라고도 불렸는데 그것은 재첩국 동이를 이고 넘어가는 아지매들 때문이었다. 열일곱 나이의 화자는 친구와 함께 "망초나 달개비로" 살자고 "기차처럼 앞만 보고 가자"고 다짐하기도 했다. 가끔씩 호주의 에핑 로드나 카스힐 로드를 고국의 한 풍경처럼 느끼기도 하는 시인은 "아이들이 기댈 둔덕이 되어 준/ 시드니 대티나 재첩"을 친구에게 건넨다. 소나무가 어두운 꼭대기에 서서 내려설 곳 바라보던 시절을 건너 이제 시인은 "떠남을 잊은 듯 서성이는/ 나무 그림자들"을 떠올리고 있을 뿐이다. 이제는 "호주 끄트머리 섬 낡은 벽에 그림 한 점"(「태즈매니아 허기」)을 바라보고 있는 '시인 윤희경'이 자신의 가장 오랜 기억 속의 한 장면을 불러오면서 그 순간을 향해 "그때나 지금이나/ 쓰려도 사랑뿐"(「풀은 꽃보다 아름다워」)이라는 전언을 우리에게 건네고 있는 것이다.

원래 서정시는 흘러간 시간에 대한 오랜 기억을 미학적으로 재구성하는 양식적 특성을 한결같이 지닌다. 그만큼 서정시는 발화자의 근원적 기억을 핵심 원리로 견지하게 되고 우리는 서정시가 수행하는 이러한 원리를 따라 삶의 기원에 대한 상상적 경험을 발화자와 함께 치러 간다. 그 점에서 윤희경의 첫 시집은 '그때 그곳'을 향한 한없는 그리움을 주조主潮로 하여 우리로 하여금 가장 근원적인 삶의 이치를 경험케 해 주는 실례로 남을 것이다. 존재론적 기원을 답파踏破해 가는 시인의 발걸음이 정결하고 살갑고 또 섬세하기만 하다.

4. 예술적 자의식을 토로하는 메타적 사유

다음으로 우리는 이번 시집에서 '시詩'를 향한 예술적 자의식을 토로하는 시인을 만날 수 있다. 물론 그녀가 '시'만을 특화하여 그것에 매혹을 느끼고 있는 것은 아니다. 오히려 시인은 예술 전반에 대한 경험을 자산 삼아 '시'를 사유하는 모습을 보여 준다. 윤희경 시인은 자신의 예술적 경험을 통해 이러한 자의식을 은유하는데, 이때 시인은 자아와 세계 사이의 거리를 좁히면서 자신의 경험 세계를 '시 쓰기' 행위와 접속해 간다. 세계와 갈등을 일으키지 않는 동일성 경험을 중시하면서 그것을 충만한 현재형으로 발화해 내는 것이다. 그렇게 시인은 현재의 지층 속에 존재하는 과거 경험을 재현하면서 동시에 그때의 한순간을 예술적 자의식으로 생생하게 구성해 낸다. 예술적 자의식을 토로하는 '시인'으로서의 직능이 거기에서 아름답게 생성되고 있다.

소나기 긋듯 들어선
듀랄 앤티크 가게
뒤집어 본 은제 머그잔 바닥에
철필로 새긴 이름이 있다

그 공든 체體를 오래 쓰다듬는
어깨가 몹시 쑤시는 한적한 늦가을

틀을 만들고 각을 깎고
손잡이를 붙이며 벌새 여럿 날아들기까지
물빛 수심 오롯이 담겼어라

이리저리 흘러오다 멈춘 골동품 진열장
유리도 나무도 아닌 은빛 이름은 리사
낡았으나 허투루 굴러다니지 않았다

잔도 글씨도 웅숭깊어
함부로 비틀거리며 부를 수도 없는

아득한 밤거리에 돌아서던 그림자를 붙잡고
뜨거운 키스를 새겨 둔
인주 같은 여자였다
                                   —「리사를 위하여」 전문

　시인은 '리사'라는 이름을 예술적 정점에 놓는다. 어느 늦
가을 듀랄 앤티크 가게에서 만난 "은제 머그잔"의 바닥에는
철필로 한 여인의 이름이 새겨져 있었다. 시인은 그 공든
'체體'를 쓰다듬으면서, 오랫동안 틀을 만들고 각을 깎고 손
잡이를 붙였을 누군가의 시간을 상상해 본다. 골동품 진열
장까지 흘러온 그 은빛 이름은 비록 낡기는 했지만 결코 허
투루 굴러다니지 않은 흔적으로 역력하다. 시인은 잔도 글
씨도 모두 웅숭깊게 다가오는 순간을 잡아 내면서 밤거리에
돌아서던 그림자를 붙잡고 "뜨거운 키스를 새겨 둔/ 인주 같
은 여자"를 떠올려 본다. 그렇게 이 작품은 예술에 대한 자
긍과 매혹을 품은 채 씌어진 윤희경 스스로의 예술론論이라
고 할 수 있을 것이다. 또한 '잔과 글씨'는 '시와 문자'로 변

이되면서 그 모습을 드러낸다고 볼 수 있을 것이다. 비록
"고통은 여전히 길고 아름다움은 점점 모호해 간다"(「전시회
에서 주워 든 푸른 지폐」)지만 윤희경 시인은 허투루 돌아다니지
않고 자신의 이름을 신비롭게 드러내고 있는 누군가의 시간
을 통해 예술적 자의식의 정점을 내보인 셈이다.

며칠째,
고향을 가져다가 밥을 짓는 저녁

칼이 도마 위에서 스타카토로 변주하고
호박죽에선 알레그로가 노랗게 튀며
새들이 창문 너머 노을 속으로
점점 작게 사라진다
어제는 오늘을 오늘은 내일을
오선지에 심으며
우리가 살아가는 힘을
연출 중이다

빈 그릇이 하나둘씩 나오고
갠지스 강가 나른한 고향 뱃노래에
두 팔을 들어 휘젓는
림스키 코르사코프 눈빛
이국풍 램프 심지는 불타오르는데

띵동! 어머나!

식탁에 흐트러진 격정을 서둘러 닦았다
도마 위 음악을 급히 밀어내고
홀딱홀딱 뛰는 호박죽은 불을 줄이고
땀 씻는 소리에 새로 놓는
수저 두 벌

다잡은 황금고기 세 마리 강물에 풀어 주었다
엿보는 스탠드 눈빛들과 또 먹는
시드니 긴 겨울 저녁

이수인의 고향 탓이다

—「사드코의 식탁」 전문

　다음은 '노래'다. '사드코'는 림스키 코르사코프의 오페라
가운데 4악장인 〈인도의 노래〉라고 한다. 시인은 며칠 동
안 고향을 빌려다 저녁밥을 지으면서 '스타카토/알레그로'
의 율동으로 "어제는 오늘을 오늘은 내일을/ 오선지에 심으
며" 살아가는 힘을 연출한다. 그때 "갠지스 강가 나른한 고
향 뱃노래"나 "림스키 코르사코프 눈빛"이 떠오르는 순간과
초인종 소리 이후 재편되는 순간이 대비적으로 그려진다.
시인은 어느새 식탁에 흐트러진 격정을 닦고 도마 위의 음
악을 다급하게 밀어낸다. 다잡은 황금고기 세 마리를 강물
에 풀어 주는 상상을 보태면서 시인은 이 기나긴 시드니의
저녁을 이수인의 고향의 노래 탓이라고 경쾌하게 발화한
다. 그렇게 "사드코의 식탁"은 '시인 윤희경'의 예술 현장을

은유하면서 그녀로 하여금 여러 이미지군群을 통해 자신의 예술적 자의식을 고백하게끔 해 준다. 그 자의식이야말로 "초겨울 삭풍이 헐거운 발목을 휘돌아/ 뼈 속까지 얼어도"(『칼새를 믿고』) 그것을 이겨 내면서 "우리 모두에게 날아올 봄빛"(『마틴 에덴은 어디로 갔을까』)처럼 시인의 삶을 감싸안은 채 그녀를 '시인'으로 만들어 간 것이다.

이렇듯 윤희경의 예술적 음역音域은 '시'를 향한 치열한 자의식으로 나아간다. 이때 '글씨/음악/시'는 모두 예술적 차원을 여러 각도에서 보여 주는 동시에 그 안에서 숨 쉬는 실존적 긍정의 의미를 들려준다. "3분 만에 읽히는 시를/ 3일을 고민하고/ 30일 동안 쓰고 고치는/ 시의 부뚜막"(『詩의 時』)이 그 핵심으로 놓이게 되는 것이다. 결국 윤희경 시인은 자신이 견지한 예술적 사유와 감각을 지속적으로 보여 주면서 자신의 실존을 가능케 한 언어예술로서의 시를 품고 살아간다. 그만큼 시인은 시에 관한 메타적 사유를 향하면서 그것이 언어의 단순한 시뮬레이션이 아니라 현실을 견디고 넘어설 수 있는 예술 양식임을 증언하고 있다 할 것이다.

5. 근원을 지향하는 지극한 사랑의 마음

이제 윤희경 시인이 응시하고 수습해 간 '고향/이국'의 대위법 구성이나, 존재론적 기원의 세세한 탐색이나, 예술적 자의식 토로 과정은 '사랑'이라는 키워드로 하나하나 수렴

되어 간다. 그녀의 시에서 모든 존재자는 시간의 운명에 충실한 모습을 보여 준다. 특별히 시간의 흐름이라는 과정에 의해 선택되고 배열되는 시인의 사유와 감각은 지나온 시간의 상처를 누그러뜨리면서 근원적 사랑으로 자신을 구성해 간다. 이번 시집은 이러한 근원을 지향하는 지극한 사랑의 마음에 대한 매혹과 부채감을 동시에 환기하는 쪽으로 진행되어 간다. 그럼으로써 시인은 오랜 기억을 통해 자신만의 아름다운 존재 전환을 꿈꾸어 가는 것이다. 윤희경 시인은 이렇게 '실재/환幻'의 경계에서 더 나은 자신을 향한 에너지를 현저하게 보이면서 그러한 꿈이 자신이 써 가는 사랑의 내질內質임을 고백해 간다.

어기적거리는 누렁이 소 몇 마리와

주먹만 한 흰 새들이

호수 같은 풀밭에 철조망도 없이

띄엄띄엄 서서

늦은 조식 중이었다

소낙비는 시커멓게 몰려와

금방이라도 쏟아질 거 같은데

비를 피해 두 칸 우사로 들어가겠지

넬슨베이 로드에서 본

흠뻑 젖을 나라와 그 시민이

오는 내내 나란히 걱정되었다
　　　　　　　—「풀과 씨를 먹는 소와 새」 전문

시인의 시선에 들어온 생명체들은 느릿한 누렁소들과 흰
새들이다. 그네들은 광활한 풀밭에서 철조망도 없이 한가
로운 식사를 하고 있다. 평화롭고 목가적인 풍경이다. 소
낙비가 내릴 것처럼 주위가 컴컴해지자 시인은 그 생명들
이 비를 피해 우사로 들어가리라 생각하면서도 그때 바라본
"흠뻑 젖을 나라와 그 시민"을 나란히 걱정하는 연민의 마음
을 발화한다. 작품 제목 "풀과 씨를 먹는 소와 새"는 그 점에
서 사실적 규정이기도 하겠지만 '나라와 시민'이라는 사람살
이와도 연결되는 이중의 심상이기도 하다. 이처럼 시인의
사랑 안에 모든 존재자들은 "홑으로 홀로인 것 같아도/ 낱
으로 고독한 거 같아도"(「너는 신비의 못이 아니냐」) 서로 연결되
어 있음을 이 작품은 아름답게 암시해 준다. "저 홀로 이겨
내는 가장 밝은/ 한 그루"(「자작나무」) 나무나 "물오리나 억새
나 꽃봉오리나 세상의 연약한 것들"(「말과 입은 쇳」)이 모두 그
러한 언어의 식솔들로 우뚝하게 자리하고 있다. 뭇 사물을
향한 시인의 순후醇厚한 사랑의 마음이 각별하게 다가온다.

가장 멀리 던져 버린 돌이
가장 많이 앓던 돌이라고

돌 하나 주워
무심하게 돌 수제비 던진 순간
물속에 떨어져 갈 바를 모르는 동사들

당신이 나를 던지면 어디로 날아갈까
어디에 줄을 서 청구서를 쓸까
가라앉기나 할까
보낼 길이 없어 망설이던

물기둥 마디마디에
구불구불 모여 새우잠 자는
바다 없는 집에서 잠들어야 했던
가난한 우리 사랑

제가 던진 돌을 밟고 건너온
유목의 바다
날아간 돌마다 곪아 가는 사연이 있다

가장 앞줄에 선 푸른 상처
다신 안 볼 것처럼 가장 멀리 던졌던
바로 그 돌이었다

                         —「푸른 돌」전문

이 아름다운 작품은 가장 멀리 물속으로 던진 돌 하나에서도 "갈 바를 모르는 동사들"을 간취하는 시인의 빼어난 감각을 보여 준다. '너'를 보낼 길 없어 한참 망설이던 기억이 물기둥 마디마디에 새겨지고 있는 순간, 언젠가 "바닥 없는 집에서 잠들어야 했던/ 가난한 우리 사랑"은 되살아오고 "돌을 밟고 건너온/ 유목의 바다"가 새삼 펼쳐진다. 이때 "가장 앞줄에 선 푸른 상처"는 가장 멀리 던진 푸른 돌이 아니었겠는가. 한때 "순결한 후회가 될 줄 몰라서/ 끝없이 깊어 갈 줄 몰라서"(「폭설 편지」) 멀리 던졌던 사연이 이렇게 살아오는 회감回感의 순간이 말하자면 윤희경 시의 궁극적 존재론이 아닐까 생각해 본다. 그 마음이 바로 "박꽃 같은 사랑 따라/ 걷다 보니 내 길"(「나무 바보와 길 바보」)이 되는 순간을 이끌어오고 "혼잣말하다가 그만 다물다가/ 해가 다 지는 호박꽃 사랑"(「호박꽃 집」)을 만나는 순간을 만들어 가지 않는가.

이처럼 윤희경 시인은 인간 존재의 근원에 대한 탐색과 그것을 사랑의 힘으로 완성해 간다. 그래서 그녀의 시에 나타나는 목소리는 개별적 경험에 한정되지 않고 존재 일반의 탐색이라는 보편적 성격을 띠게 된다. 이른바 사회적 상상력의 소산이라고 할 수 있는 일군의 타자 지향 시편들도 이러한 시인의 근원에 대한 믿음과 의지가 현실 속으로 침투한 결과일 것이다. 결국 이번 시집은 시인의 이러한 믿음과 의지가 실현되면서 시인이 탐색하는 존재의 근원과 자기 완성의 모습이 사랑의 형식을 통해 아름답게 나타난 결과인 셈이다. 한 편 한 편의 실물 속에 그러한 지향이 뚜렷하게 새겨지고 있다.

  우리의 삶 가운데는 논리적 이성으로는 설명하기 어려운
이야기들이 많이 있다. 이때 서정시는 시간에 대한 새로운
경험을 통해 그러한 운명적 순간을 담아낸다. 시간에 대한
기억의 재구성이라는 특성을 강화하면서 시인 자신의 시간
을 호명해 내는 것이다. 이처럼 근원을 탈환하면서 새로운
삶을 지향해 가는 시인의 돌올한 상상력은 다양하게 펼쳐
지는 개별적 형상을 통해 자신의 존재를 가능하게 해 준 내
인因들을 사랑의 마음으로 안아 들이게끔 해 준다. 그녀에
게 출발점과 귀속처가 되는 이러한 근원적 사랑이 현실에서
는 경험 불가능한 세계를 가능하게 하는 대안적 에너지가 되
는 것이다. 그녀의 섬세한 마음이 애잔하고 투명한 빛을 뿌
린다. 이제 우리는 순간적 감동과 깨달음을 친화력 높은 표
현으로 노래한 이번 시집이 많은 독자들로부터 사랑받기를
희원해 본다. 이토록 굳고 정한 결정結晶을 보여 준 윤희경
시인의 고투와 성취에 또한 경의를 드린다. 첫 시집 상재를
거듭 축하드리면서, 아름다운 사랑의 미학적 집성集成을 담
아낸 이번 시집의 성과를 딛고 넘으면서 시인의 여정이 더
광활한 지평으로 나아가기를 마음 깊이 바라 마지않는다.